Ulla Janascheck

Zeitweberin

Die Heilkraft magischer Wege

READ GLOBAL BUY LOCAL

FSC www.fsc.org MIX Aus verantwortungsvollen Quellen FSC® C014138

ISBN 978-3-99025-445-5

Layout: freya_art, Mag. Regina Raml-Moldovan

Lektorat: Mag. Dorothea Forster

Fotos: Ulla Janascheck, Hildegard Scheffer (S. 40),
Adobe Stock: © Keiko Takamatsu (S. 8–89 bunte Linien),
Dragisa Savic S.44, photolink S. 76,

Cover: Kaya Pühringer

printed in EU

Ulla Janascheck
Zeitweberin
Die Heilkraft magischer Wege
freya

Inhalt

Das Nomadengewand der Zeitweberin

Sie ist die Mutter der Geschichten, die von den vielen verschiedenen Leben der Menschen geschrieben werden. Am sausenden Webstuhl der Zeit wird ihr Gewand gesponnen aus deinem und meinem Lebensfaden. Sie verweben sich zu Geschichten für ein neues Bewusstsein.

Dank

Mein Dank gilt unserem „nährenden Geschichtenkreis“: Andrea Rybar, Sandra Held und Petra Brabec und allen anderen, die sich seitdem entwickelt haben.

Silke hat die unfertige Geschichte zuerst gelesen. Danke an Diana Nocker für das Wort interaktiv und das Foto vom Eibenwald.

Ich danke Siegrid Hirsch und dem Freya-Team.

Sigrun Aust-Job für das inspirierende Filzen.

Hildegard Scheffer, danke für das wunderbare Foto auf Seite 40.

Ich danke Ruth Fesser, die mir in der Winterdunkelheit riet, meine Muse einzuladen.

Und meinem kritischen Sohn Julian danke ich, dass er in die Geschichte überhaupt hineingelesen hat.

Ich danke allen GeschichtenerzählerInnen für ihr Dasein. Unsere Welt braucht Geschichten. Ohne Geschichten gibt es keine Welt.

Die neue Welt, die wir uns so sehr wünschen, entsteht gemeinsam, im Zusammenwirken. Hier und jetzt hat ihre Geschichte bereits begonnen.

Den Faden aufgenommen

Es begann mit einem Experiment. Die Corona-Krise macht ja bekanntlich erfinderisch und wir trafen uns im ZOOM zum Geschichtenerzählen. Absichtslos.

Bald schon wurden daraus vier eigene Geschichten, die ein roter Faden verband. Sie wuchsen miteinander beim Schreiben aus der Seele heraus. Mit frischen, spontan entwickelten Traumreisen tauchten wir ein in den Zeitgeist und ließen uns, jede auf ihre ganz persönliche Art und Weise, finden. Wir schrieben für die neue Zeit.

Dies hier ist meine Geschichte. Sie ist interaktiv. Ich habe sie so geschrieben, dass du die Möglichkeit hast, ein Buch im Buch zu finden. Dein Buch. Schrittweise kannst du deine Geschichte „ent-wickeln" und so die neue Zeit mitgestalten.

Unsere Welt, besonders im Moment, braucht den inneren und äußeren Aufbruch. Erinnere dich: Die Wirklichkeit ist gewoben aus unseren Träumen.

Schreiben wir aus der Tiefe unserer Seele heraus, bringen wir unsere Träume ins Leben.

Ich wünsche mir, dass auch du deinen Traum mit viel Freude und Lust hineinwebst in das Gewand der Mutter der Geschichten, der ewigen Nomadin im Lebensrad.

Das Nomadengewand der Zeitweberin

Alles geschieht zu einer Zeit, da die Erde im Umbruch ist. Die Wirbelstürme wehen. Für eine Weile lässt sich nicht erkennen, was gehen muss, was bleiben kann und was werden wird.

Das Patriarchat endet. Es ist an der Zeit, dass das Pendel in die andere Richtung schwingt. Unter den Menschen breitet sich große Verwirrung aus.

Die Mutter der Geschichten, schon seit Anbeginn der Erde aus unseren Lebensfäden gewoben, ist in Gefahr. Denn nicht nur die Gestalt und das Sein der Zeitweberin, sondern auch ihre Gewänder werden durch die Erzählungen der Menschen gewirkt. Von den Ahnen am Webstuhl der Zeit, den Hüterinnen der acht Speichen des Lebensrads, sind sie inspiriert.

Soeben erreicht die alte Nomadin auf ihrem Weg durch das Lebensrad die nordwestlichen Gefilde, die Ländereien der Abschiede und Verwandlungen. Von dort aus grollt und bebt es.

Sie versteht. In der Tiefe ist das neue Leben bereits da. Das Alte muss erschüttert werden.

Weitergehen. „Geh weiter“, befiehlt sie sich. Zäh setzt sie einen Fuß vor den anderen. Als ob sie gegen eine Mauer laufen würde. Müde, so müde ist sie. In ihr befindet sich ein Fadengewirr aus angefangenen, willkürlich unterbrochenen Episoden, das verlesen und gelöst werden muss. Sie friert. Bei den Menschen konnte diesmal kein wintertaugliches Gewand für sie entstehen. Wenige nur sind bereit, ihr gewobenes Fadenwerk zur Seite zu legen oder der Wandlung zu übergeben. Zu groß ist die Angst.

Sie kennt die Gesetze gut: Wenn sie auf ihrem Weg durch den Nordwesten des Lebensrads zu wenige nährende Geschichten erhält, sodass daraus kein wärmendes Futter für ihr Gewand gewoben werden kann, ist es ihr nicht möglich, den Winter zu durchqueren. Sie muss sich umdrehen und geht zurück im Lebensrad. Dabei verliert sie viel Kraft.

Die Geschichten auf der Erde bleiben dann stehen. Die Lebensfäden können nicht weitergesponnen werden. Keine Veränderungen, keine Abschiede, keine Verwandlungen mehr. Sie wird es ein paar Mal erneut versuchen. Irgendwann wird sie schwinden und sterben. In der Ewigkeit bleiben. Dann lassen sich keine Träume mehr weben. Das Jahr bleibt leer. Begonnenes wiederholt sich und schließt sich nicht ab. Neues kann nicht ins Leben finden.

„Ich muss ans Feuer der nordwestlichen Hüterinnen!" Sie erinnert den schmalen Pfad durch den Wald bis hin zur Mond beschienenen Wiese mit dem kurzen weichen Gras. Barfüßig läuft sie los.

Einige Zweige und Wurzeln später findet sie hin zum Kreis des Nordwestens. Am prasselnden Feuer treffen sich die wegkundigen Hüterinnen, die mit dem Lösen vertraut sind. Es sind die mit den Verwandlungen vertrauten Ahnen. Sie begleiten und durchwirken die Menschenzeit und drehen das Lebensrad weiter, nachdem würdiger Abschied stattgefunden hat. An ihrem Feuer fangen sich die Traumgewebe, die zu schwer für den Norden, die eisigen winterlichen Winde geworden sind, um verwandelt zu werden.

Da sitzen sie schon, auf der kleinen Lichtung zwischen den Bäumen. Sie raunen, flüstern, summen, kichern. Und sie stricken und sticken, nähen und säumen. Eine jede hat ihre Schnüre mitgebracht, übers Jahr Gesponnenes. Hier im Nordwesten wird das zur Wandlung bereite Gewirkte der Menschen mit den Schnüren der Hüterinnen zum Wintergewand für die Mutter der Geschichten verwoben.

Aus der Ferne ist die Fadenspinnerin in ihrem violetten, mit zartem Gold durchwirkten luftigen Kleid aus fließender Seide zu erkennen. Wie so oft leuchtet sie von innen heraus, wenn sie sich freut. Ein goldener Schimmer legt sich um sie und hüllt sie ein, in einen feinen, sanft strahlenden Kokon. Sie versteht es wie keine andere, die heilenden Transformationsfäden zu weben.

Die zähe, schlanke Frau, deren Gesicht von wilden Falten durchzogen ist, erschrickt: Diesmal kommt die Zeitweberin sehr dürr daher. Und trägt ein viel zu löchriges Gewand. Man sieht, dass sie friert, denn sie klappert mit den Zähnen. Ihr hageres Gesicht trägt Augen, die ins Leere sehen. Sie haben ihren Glanz verloren.

Die nordwestlichen Hüterinnen spitzen die Ohren, um das Murmeln zu verstehen. „Wenig, zu wenig. Spärliche Herzensworte. Angst hat das Wandeln erstickt. Krankheit. Verbote. Künstliche Fäden. Identische Satzmuster. Worthülsen." Sie sinkt in sich zusammen. „Zahlen, immer mehr Zahlen", flüstert sie aus trockenen Lippen.

Das aus den wirren Gespinsten der Menschen gewobene Gewand ist grau und löchrig. Sie kratzt sich unablässig. Es ist zu einem harten und borstigen Mantel, der nicht wärmt, verfilzt. Sie atmet schwach und unregelmäßig.

So würde sie niemals ihre Reise durch das Lebensrad fortsetzen können.

„Willkommen Mutter, was können wir für dich tun?", rufen die Hüterinnen durcheinander.

Und zum ersten Mal seit Langem wird der Zeitweberin wieder warm. Je näher sie kommt, desto glücklicher schlägt ihr Herz. Hier ist Vertrautheit, Geborgenheit, Heimat. Da sind sie. In so vielen Leben miteinander gewachsen. Hier weichen Angst und Enge dem großzügigen Raum. Sie haben gelernt, sich zuzuhören. Sein zu lassen. Wege geteilt. Sich getrennt und wieder gefunden. Keine bleibt draußen oder zurück. Verlässlich ist das Miteinander. Denn sie sind der Kreis. Im Kreis zählt jede an ihrem Platz.

Im Kreis werden Fäden aufgenommen und gewoben, die wunderbare Gewänder hervorbringen.

„Gut, dass du zu uns gefunden hast, ewige Wandlerin", kichern und raunen die Hüterinnen des Nordwestens. „Lang hat's gedauert diesmal." Schon kommt ihr die Fadenspinnerin entgegen. „Es wird Zeit, höchste Zeit."

Sie räuchert mit Salbei und Beifuß, ruft die Ahnen der uralten Kraftplätze herbei. „Sie sollen dir den Rücken stärken, dich mit deinen Wurzeln verbinden. Schau ins Feuer. Möge Artemisia dir einen Traum schenken."

Die Augen weit offen, fällt die alte Nomadin in den Duft der Machtwurz und fühlt, wie ihre Kraft zurückkommt.

Das Herz schlägt ihr bis zum Hals. Die Fadenspinnerin löst einen ihrer goldenen heilenden Fäden aus und reicht ihn der Zeitweberin.

„Nimm ihn zu dir. Ich habe dir mein Vertrauen mitgebracht:
Klar das, was war.
Frei und tief, was ist.
Im Moment
allzeit präsent mein Herz.
Atem fließt.
Hingabe ergibt meinen Weg."

Sie singt es hinein in die Menschenzeit. Sofort halten einige Menschen inne mit dem, was sie tun. Überall verbreiten sich Pausen und Zwischenräume.

Wie ist's mit dir, magst du auch kurz innehalten?
Tauche ein in deinen Atem. Was geschieht?

„Mütterchen, du trägst zu viel in diesem Jahr. Lass los, was dich erwarten könnte. Lass ziehen, was geschah. Zu schwer das Gewicht. Du kannst es nicht tragen."

Die Hüterinnen des Nordwestens nehmen der alten Nomadin den tonnenschweren löchrigen Mantel ab.

„Er passt nicht mehr zu dir", rufen die Frauen. „Aus den düsteren groben Fäden ist ein Hindernis geworden. Der Mantel, sein hoher Kragen, verbirgt dir die Sicht. Damit kannst du nicht erkennen und erkannt werden. Mit solch einer Tarnung gehörst du zu niemandem. Und nichts. Verloren werden deine Schritte lahm. Wenn sich keine mehr an dich erinnern, findest du den Weg nicht mehr."

Und ihr gemeinsamer Atem löst die Hindernisse aus der Menschenzeit. Überall da, wo die Menschen ihre Wahrheit verbergen, flackert eine kleine Flamme auf. Einige sind jetzt bereit, sie auszusprechen. Die Herzensfäden werden wieder aufgenommen.

Wie sieht dein Herzensfaden aus?
Was hast du bisher zurückgehalten?
Was möchtest du aussprechen?

Das Herz der Zeitweberin trommelt im Rhythmus des prasselnden Feuers. Die heilenden Worte und der Rat der Fadenspinnerin klingen in ihr nach. Ihr Körper füllt sich mit warmem Leben. Sie tritt in die Mitte der Hüterinnen.

„Welches Lied hast du uns mitgebracht?", fragen diese. „Wie klingt das Jahr bis hier in dir?"

Die Mutter der Geschichten singt. Sie singt das Lied von einer, die auszieht, weil es ihr Herz so gebietet. Die all ihre Kleider auf ihrer Reise zurücklässt, weil sich alles verändert. Deren Herz für eine Weile verstummt und deren Augen die Farben verlieren. Von einer, die sich selbst nicht mehr kennt und spürt, weil sich die Fäden, die sie aufnahm, so sehr verwirrt haben.

Gegen Ende stimmen die weisen, uralten Frauen in den Gesang ein. Tränen rinnen über alle Gesichter.

Sie fallen in die Menschenzeit. Der Regen bewirkt, dass viele loslassen können. Einige beginnen zu weinen. Sie spüren: Etwas ist vorbei, nichts wird mehr sein, wie es war.

Worum kannst du weinen?
Was möchtest du loslassen?
Wo steht noch ein Abschied an?
Was ist vorbei?

Das Feuer trocknet die Tränen der Hüterinnen des nordwestlichen Feuers. Geborgenheit breitet sich aus.

Die Zeitweberin spürt, wie weich sie geworden ist. Trennendes hat sich mit den Tränen der Menschen und weisen Frauen des Kreises verbinden können. Die wirren Fäden fallen lockerer und ordnen sich. Ihr Körper summt. Die Menschen fühlen endlich wieder mit. Das Unaussprechliche löst sich in die Klänge hinein.

In der Menschenzeit werden Lieder gesungen. Kleine Gruppen finden zusammen und spenden sich Trost.

Welchen Trost brauchst du und
wo findest du ihn?

Hier am Feuer erwachen Gesänge in ihr, mit denen die Welt wieder Gestalt annehmen kann.

Die anderen singen: Wanderin bist du, willkommen im Nordwesten. Eigenwillig lodern die Flammen im Sein. Wohl uns. Gefährtinnen, die mit dem Herzen klingen und singen, tanzen die Losung.

Und die Menschen tanzen mit.

Möchtest du auch tanzen?
Was ist das für ein Tanz?
Für was tanzt du?

Wandelzeit

Alle schauen nach oben. Die Drachenfliegerin nähert sich. Oft ist sie die Vorbotin für Unerwartetes. Sie schlägt noch einige schwingende Kurven, bevor sie landet. Ganz entgegen ihrer sonst fröhlichen Gewohnheit, lässt sie sich nach Atem ringend im Kreis nieder. Zerrupft ist das Fell des Drachens, ernst ihr Blick.

„Ich habe keine guten Neuigkeiten mitgebracht." Die Hüterinnen des Nordwestens werden still. Eine jede spannt ihren Rücken an. Sie sitzen sehr aufrecht, um aufmerksam zuhören zu können.

„Die Musik ist verstummt, die Theater sind leer, keine Kunst, kein Sport, kein Spaß, keine Freude, keine Reisen. Die Menschen bekämpfen in ihrer Not das Lebendige. Ich bringe viele einsame, leblose Gespinste, die sich dem Wandel widersetzen."

Und sie legt ein wirres Knäuel vor dem Feuer ab. Wie soll das zum Wintergewand für die Zeitweberin werden?

„Noch zu wenige hören die Erde grollen. Bald schon wird sich das Brüllen der Erde mit dem Schrei des Kindes, das in ihrem Inneren heranwächst, vermischen. Dann wird sie beben und die Starre erschüttern. Und endlich wird die neue Zeit anbrechen. Doch im Moment gelingt das nicht. Die Wehen dauern schon sehr lange an. Die mächtigen Patriarchen wehren sich. Weigern sich. Stellen sich dagegen."

Die Frauen des Nordwestens halten den Atem an. Aus Wandelfäden muss das Tuch gesponnen werden, mit dem das Kind empfangen wird. Nur die Zeitweberin kann es ihm ausbreiten.

Hilflos schauen sie ins Feuer. Was, wenn die Mutter der Geschichten von hier aus nicht durch den Winter fände? Zu schwach würde zum Aufbruch? Das Tuch nicht fertig würde?

Die Zeitenhüterin, die Alt und Jung miteinander zu mythischen Gewändern verwebt, weiß:

Dann gehen die Geschichten auf der Erde auch nicht weiter. Sie bleiben vor der Verwandlung stehen und erstarren. Die Erde bebt und erschüttert. Zerstört wird ohne Neuanfang. Das Erdenkind findet nicht in die Welt. Es entsteht kein frisches, freies Bewusstsein.

Die Hüterinnen des Nordwestens erinnern ihre Kunst. Sie sind Meisterinnen des Lösens. Sie nehmen das Lied der Zeitweberin und weben da hinein alle bunten und auch die ganz dünnen Fäden der Menschen, die bereits in Wandlung sind. Sie zupfen das wirre Gespinst, das aus dem Regelwerk herrischer Patronen gewirkt wurde, auseinander und ziehen die Verbote heraus.

Alle sehen jetzt, wie sich Menschen mit frischem Geist zusammenschließen und Wege finden, lebensfeindliche Gesetze zu umgehen und durch lebenszugewandte zu ersetzen.

Mit wem kannst du dich zusammenschließen? Welche deiner inneren Gesetze haben ihre Gültigkeit verloren? Was zählt für dich?

Die weisen Frauen vereinen ihre gemeinsamen Kräfte und denken nach. Wie lautet die Losung des Nordwestens?

Am Feuer des Nordwestens wird mit geschlossenen Augen aus dem Herzen gesungen und dann gesprochen.

Die Lieder handeln von Abschieden und Verwandlung.

Hier wird die Ernte verlesen, gewürdigt und das erzählt, was sich lösen muss.

Was nicht mehr hält, kann gehen.

Erleichtert oder gar nicht kommt eine durch das Eis, in dem sich das Tor zur Ewigkeit verbirgt.

Im Nordwesten findet Berührendes ans Feuer, das einen Geschmack, Geruch, ein Gefühl, ein Bild oder einen Klang in den anderen hervorruft, bevor es vergeht.

So wird der Raum frei für das Mitgefühl.

Sie bitten den Drachen seine Nüstern zu blähen und die Losung des Nordwestens aus dem Lebensrad in die Menschenzeit hineinzublasen.

Der hat trotz des Ernsts der Lage Spaß daran, ein paar Funken in die Flammen zu sprühen. Hell lodern sie auf und finden den Weg. Das wärmende Feuer stärkt den Mut.

In der Menschenzeit löst sich endlich die starre Ordnung. Betroffen blicken einige auf das kalte Gerüst, das vielerorts zum Halt geschaffen wurde und Frost in den Herzen hervorrief. Mit der Wärme der lodernden Flammen erwacht der Wille, zu verändern.

Welche Starre willst du in deinem Leben beseitigen?
Was ruft nach Veränderung?

„Wir brauchen neue Werte, die im Einklang mit der Erde sind", rufen sich die Menschen zu. „Wir brauchen frische Winde. Wir brauchen eine Welt ohne Hierarchien, in der das Miteinander zählt. Wir wollen Netze, in denen das Leben geschätzt wird. Wir wollen, dass die Herzen regieren und im Konsens schlagen."

Welche Werte gelten für dich?
Magst du ein für dich stimmiges System entwerfen?

Die Hüterinnen des Nordwestens verbinden sich jetzt und schauen sich in die Augen. Jeweils eine der nächsten. Sie nehmen sich an den Händen. Sie murmeln, raunen, seufzen. Einige weinen, Freudentränen sind auch dabei.

Die weisen Frauen spinnen flugs ein gemeinsames Gewebe hinein in die kostbare Zeit am Feuer.

Dann untersuchen sie den abgelegten bleischweren Mantel der Zeitweberin. Darin befinden sich bereits begonnene, noch nicht fertig gewobene Fäden, die sie unterwegs einsammeln konnte.

Sie lösen das Trauern, die Abschiede, den Kummer über das Vergängliche heraus, damit es sich in Weisheit, Anteilnahme und Mitgefühl verwandeln kann.

Sie vermischen dieses Gewirk mit dem zerzupften Gewirre des Regelwerks, das von den Patriarchen gesponnen wurde.

Auf diese Art entsteht das wärmende Gewand für die Zeitweberin, das sie braucht, um die eisigen Gefilde des Nordens zu durchqueren hin zum Wintertor, durch das sie in die Ewigkeit eintritt. Dort würde sie sich erneuern und damit den Atem der Welt und die Träume erhalten.

„Weh uns, das muss gelingen." Die Hüterinnen trommeln und singen. Sie erzählen sich ihre Wandelgeschichten, lachen, klagen und weinen zusammen. Sie geben alles, um das Feuer in Gang zu halten und das Gewand zu verdichten.

Sie singen so laut, dass die Menschen es hören. Man sieht, wie einige sich abwenden vom passiven Informations- und Unterhaltungskonsum. Sie wollen die monotone Wiederholung Angst verbreitender Nachrichten nicht mehr hören und sich von ihnen gefangen halten lassen, sondern wieder Raum für eigene Botschaften schaffen. Dabei brauchen sie Unterstützung.

Wie ist's, wenn du die Bildschirme, den Fernseher und das Radio für eine Weile ausschaltest? Warte ein bisschen auf deine Geschichte. Es lohnt sich.

Die Fadenspinnerin erhebt sich. Ihr goldenes Kopftuch spiegelt die lodernden Flammen. Gewoben ist es aus Erinnerungsworten, Fäden, die sie wieder aufgenommen hat aus ihrer Vergangenheit. „Wir brauchen berührende Worte. Hier ist mein Korb. Gebt sie hinein. Jetzt. Eine Runde."

Der Korb kreist um das Feuer, die Frauen des Nordwestens geben einzelne Worte hinein. Worte, die nachklingen in einer jeden. Worte, mit denen sich etwas Erinnertes für sie verbindet. Worte, die etwas in ihr auslösen. Worte, die etwas bewirken.

In den Menschenträumen breiten sich ebenfalls bedeutungsvolle Erinnerungen aus.

Gib deinen hier Raum.

Kaum werden sie in den Korb hineingeatmet, verwandeln sie sich in bunte Fäden. Blau, gelb, rot, grün, violett. Meliert. Aus ihnen können Erzählungen, die an die Ahnen anbinden, gewoben werden.

Sie finden ihren Weg in die Menschenzeit. Jetzt. Man schöpft Kraft aus Legenden und Sagen.

Welche spricht zu dir? Gibt es Sagen und Legenden, die dich inspirieren, auf die du dich gerne berufst?

Die Hüterinnen können der Zeitweberin eine warme Weste reichen. Hoffentlich ist es genug. Im eisigen Norden tritt sie doch ein in den Ort des unaufhörlichen Beginnens. Das muss gelingen.

„Danke", murmelt sie. „Angekommen, werde ich in die ewige Stille hinein meine Lieder singen, die Heilung bewirken. Lieder, die den Mythen und Sagen Flügel verleihen und sie anbinden an die große Nabelschnur der Milchstraße."

Die Ammen

Doch der Weg durch den Norden ist weit und gefährlich, das wissen die Hüterinnen des Nordwestens. Und den Menschen kann an diesem Punkt noch nicht getraut werden. Auch wenn nun schon sehr viele mit der Wandlung beschäftigt sind, haben noch zu wenige eine Ausrichtung auf das Neue erlangt.

Erneut raunen sie ins Feuer hinein. „Schutz, Unterstützung, was können wir tun?"

Da steht die ausgesprochen farbig gekleidete Clanhüterin auf. Sie trägt einen zipfligen Rock, der in mehreren Schichten und vielen Stufen bis auf den Boden fällt. Ihre Aufgabe ist es, die Fäden der Töchter mit der Kraft und Weisheit der Großmütter zu verbinden und daraus ganz Neues, noch nicht Dagewesenes zu weben.

Sie kennt die Zukunftsmusik.

Sie wirft leere, funkelnde Notizbücher in die Menschenzeit und hofft, dass sie mit für die Zukunft bedeutsamen Worten gefüllt werden.

Fang dir eins und beginn es zu füllen. Welche Worte und Wortklänge haben für dich Kraft?
Welche Bedeutung möchtest du deiner Zukunft geben?

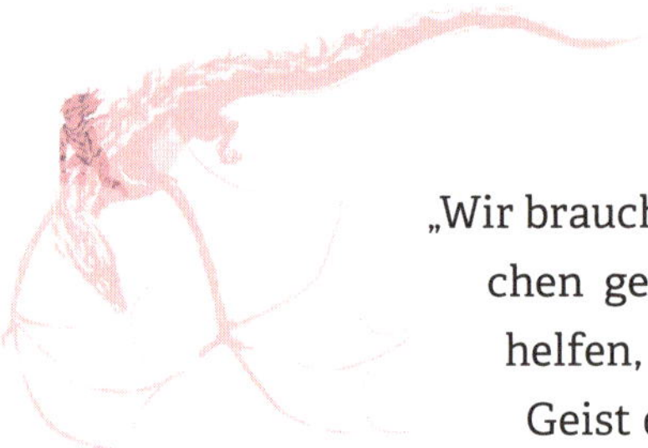

„Wir brauchen das Feuer der Ammen. Wir brauchen geburtskundige Frauen, die der Erde helfen, sich zu erneuern. Die bereit sind, den Geist des Kindes in ihrem Inneren hervorzulocken und zu versorgen. So erhält die Zeitweberin Kraft im Tor der Ewigkeit."

Die anderen Hüterinnen summen Beifall. „Kennt eine den Weg? Wie finden wir die Ammen? Wo brennt das Feuer?"

Der Drache hebt an: „Ich kenne den Weg."

Die Drachenfliegerin steigt auf ihren Drachen und sie nutzt die günstigen Winde, um zu den Ammen zu gelangen. Die kunterbunte Clanhüterin lässt das Schiffchen flugs durch ihren Webstuhl sausen. Die runzlige Fadenspinnerin dreht das Garn. So steht dem Gelingen des Fluges nichts mehr im Wege.

Von oben nähern sich Fliegerin und Drache dem Feuer der Ammen. Vier Erdfrauen hatten das Grollen der Erde vernommen und es richtig gedeutet. Sie sind dem Beben gefolgt und gekommen. Eine strickt kleine Schuhe, eine andere näht den Reißverschluss in ein seidenweiches Säckchen, eine stickt Blumen und Herzchen auf ein kuscheliges Kapuzenhandtuch und eine singt ihren Segen hinein in das gemeinsame Nadelwerk, während sie an einem Spielzeug schnitzt. Sie träumen ins Feuer hinein die Welt, die sie sich von ganzem Herzen wünschen.

Träume hinein in das Sternenzelt.

„Was macht denn eine Drachenfliegerin hier?", wundern sie sich.

Mit einem Linksschwung des Drachens gelingt die Landung. „Verzeiht mir, Frauen, ich bin gekommen mit einer großen Bitte. Die Erde braucht Hilfe. Die Erde grollt. Sie bebt. Das Kind kann nicht geboren werden. Ihr macht es gut! Ihr seid die Ammen. Seid ihr bereit?"

Die Ahnen des Lebensrads und die Menschen müssen jetzt starke Netze untereinander weben. An allen Feuern wird gewirkt. Nichts Geringeres als die patriarchalen Strukturen werden zerstört. Vieles ist bereits erschüttert. Einige Geschichten werden schon gar nicht mehr erzählt.

Das Kind braucht ein Tuch, auf dem es empfangen werden kann. Gewoben wird es aus lebendigem Fadenwerk. Gesponnen ist das aus der Achtung und Liebe zur Erde und den Müttern, aus denen das Leben kommt. Wenn alle Menschen, bis auf den letzten Despoten verstehen, dass das Lebendige zu schützen ist, kann das Kind in die Welt finden. Die Zeitweberin wird ihm das Tuch ausbreiten, wenn es so weit ist.

„Wir müssen sicherstellen, dass dem Kind nichts passiert und es unversehrt nach oben gelangt. Nur so kann die gesunde Ordnung wachsen." Die Frauen erheben sich von ihrem Feuer. Sie legen ihr Nadelwerk zur Seite. „Was ist zu tun?" „Kommt mit, zu dem Feuer der Nordwestlichen Hüterinnen. Dort werdet ihr mehr erfahren."

„Wie soll das gehen? Wie kommen wir an das Feuer hinter der Menschenzeit?“

„Schließt eure Augen und schielt auf den sehenden Bereich zwischen euren Nasenwurzeln. Dann singt mit hohen Tönen den Namen eures Reiseziels.“ Umgehend finden sie sich am Feuer der Nordwestlichen Hüterinnen wieder. Die Drachenfliegerin kommt so schnell sie kann nach.

„Wir haben gehört, ihr braucht Hilfe? Die alte Nomadin muss durch den Winter und die Erde will ein neues Kind gebären? Was können wir tun?“

Die Aufgaben der Ammen

Die Nordwestlichen Hüterinnen rücken ein bisschen vom Feuer ab. Ein größerer Kreis entsteht. Jetzt sind die ersten Plätze am Feuer frei. „Bitte, nehmt eure Positionen ein. Richtet euch aus nach den Himmelsrichtungen."

Die Frauen, sich ihrer Aufgabe als Ammen bewusst, richten sich aus. Eine sitzt im Osten, eine im Süden, eine im Westen und eine im Norden. Es wird ganz still in den beiden Kreisen.

Die Hüterinnen des Nordwestens rufen die Tiere und Pflanzen des Wandels an und die Ammen rufen die des Neubeginns.

Alle verbinden sich mit der Mutter der Geschichten, die ja die Zeit zu weben weiß.

Dann gibt jede der Ammen ihr Ja hinein in das Feuer. Ja. Ich will dem Kind zur Geburt verhelfen. Ja. Vier Mal Ja.

Magnetisch wirkte ihr Ja. Aus allen Richtungen strömt ihnen jetzt Kraft zu. Die Hüterinnen des Nordwestens halten die Energie und lassen sie kreisen, sodass sie wirbelnd in Spiralen, wie eine Nabelschnur in die Erde hineinfließen kann.

„Ja", klingt es und löscht alle verflossenen Gedanken aus. „Ja."

„Ja“ tönt es bis in die Menschenzeit hinein. Zuversicht wächst. Einige drehen sich nicht mehr um. Sie schauen nach vorn und füllen die Notizbücher mit ihren Wünschen und Absichten für die noch nicht geschriebene Geschichte.

„Ja, lass uns …“
Beginne deine Sätze so.
Was schreibst du hinein?

Die erste Frau weiß jetzt: Sie ist die Amme, welche die Feuer anzündet. Jetzt zieht sie Fäden aus den Flammen. Lichtfäden. Die gibt sie über die Nabelschnur hinein in die Erde als Nahrung für das Kind. „Wenn es satt ist, wird es sagen, was es braucht. Je lichter seine Gestalt, desto eher werden die Menschen aufmerksam und hören. Sie werden wie wir in die neue Zeit hineinträumen und so die neue Ordnung mitgestalten“, spricht sie.

Menschen bilden kleine Gruppen, um sich zu inspirieren.

Das Neue will gemeinsam erträumt werden. Mit wem träumst du gut?

Die zweite Frau weiß jetzt: Sie ist die Flugamme, die in andere Wirklichkeiten aufbricht, wenn es gebraucht wird. Sie kann die Drachen herbeirufen. Sie kommen in Scharen und blasen ins Feuer. Das Feuer erreicht die Erde und brennt alles unbrauchbar Gewordene weg.

Menschen bilden kleine Netzwerke, die das hierarchische patriarchale System nicht mehr unterstützen.

Wozu willst du gehören?

Jetzt ist der Weg frei für den Drachen, der die Sprache des Kindes versteht und ihm beistehen kann. Aus dem Feuer fällt ein goldenes Knäuel für die ganz in weiß schillernde, in Federn gekleidete Flugamme. Als sie es ein wenig aufwickelt, bemerkt sie, dass es aus vielen bunten Abschnitten besteht.

Sie weiß, das sind die beflügelten Geschichten, die sie noch anderen Menschen zu erzählen hat, um sie vorzubereiten. So wird die Geburt des Kindes möglich.

Aus den Notizbüchern der Menschen entwickeln sich die ersten Manuskripte.

Deine Geschichte ist auch bereit.
Schau alles durch und trage zusammen.

Die dritte, in ein samtiges moosfarbenes Gewand gekleidete Frau weiß: Sie ist die medizinkundige Amme. Sie spürt, sie ist getragen inmitten vieler Frauen. Aus ihrer Tasche zieht sie ihren Medizinstab. „Ja", wiederholt sie. „Ja. Ich will es tun."

Da zeigt sich in den Flammen der Eingang einer Höhle. Mutig geht sie hinein. Am hinteren Ende der Höhle gibt es ein leuchtendes Tor. Es öffnet sich, als sie kommt, und

sie findet sich auf einer Wiese wieder. In deren Mitte liegt ein verletzter Mann auf einem Fels. Mit blicklosen Augen, einer tiefen Stirnfalte und Mundwinkeln, die sich ganz nach unten gezogen haben, schaut er ratlos in den Himmel und atmet nur ganz schwach.

Um ihn herum liegen wahllos hingestreut seine Attribute der Macht. Ein Sack Gold, eine Keule und eine Kiste mit blitzenden Steinen. Wie hat es so weit kommen können? „Was suchst du im Himmel?“, fragt die Amme. „Mein Herz schlägt schon viel zu lange für nichts mehr. Ich brauche Hilfe. Es ist vorbei“, haucht er.

Sie versteht. Es braucht die Heilung der Männer, welche die hierarchischen, patriarchalen Strukturen hervorgebracht haben, damit das neue kreisförmige, gut vernetzte

Bewusstsein geboren werden kann. „Es wird ein Kind, dessen Leben die Männer und die Frauen gleichermaßen achten. Sie werden es lieben können", freut sie sich. Und es wird für gleichwürdige Beziehungen sorgen.

Sie hält ihren Medizinstab über den Kopf des Mannes und lässt ihn kreisen.

Da verschwinden seine mächtigen Attribute und er. Nur noch seine Hülle liegt da. Was darin war, verwandelt sich und eine junge Frauengestalt, erhebt sich aus seinen Konturen. Sie beugt sich über seine Haut und füllt sie mit ihrem Atem und vielen Küssen. Ein betörender Duft von Eiben weht herbei. Die Haut füllt sich mit Leben.

„Seine Muse ist erwacht", raunen sich die Ammen zu. Jetzt kann er sich verwandeln.

In der Menschenwelt sprechen die Söhne und Töchter freundlich mit ihren Vätern. Sie tragen bereits das neue Bewusstsein, sind offen. Ihnen liegen die Erde und das Lebendige am Herzen.

> *Mit wem willst du sprechen?*
> *Über was? Entwirf einen Dialog.*

„Bravo", rufen die Hüterinnen des Nordwestens und die Ammen. Die Weichen für die Wandlung des menschlichen Bewusstseins sind gestellt und alles geschieht im Einverständnis der Nordkräfte. Das bezeugen die Winde, die den Eibenduft mit sich bringen.

Die medizinkundige Amme geht schnell zurück an ihren Platz. Denn plötzlich wird ihr sehr heiß.

Die vierte Frau, die in meerblaue Stoffe gehüllt ist und ein lichttürkises Stirnband trägt, weiß jetzt: Sie ist die Amme der Kraft. Sie verweilt in der tiefen Stille, die sie hinter all dem Geschehen wahrnimmt. Es fließt so viel noch Unbekanntes darin. Ruhe. Es braucht Pausen, um das Neue vorzubereiten. Drei Worte nehmen in ihr Gestalt an und klingen aus ihren Zellen:

Hüten – Lösen – Verbinden – Hüten – Lösen – Verbinden – Hüten – Lösen – Verbinden

Das Vertrauen in den Kreis würde sie tragen. Hier stehen alle Kräfte hinter ihr. Ihr Rücken ist gestärkt.

Träumen ins Leben verhelfen will sie. In ihr wächst die Zuversicht, dass ihr Unterfangen unterstützt wird.

Die Menschen spüren: Es ist genug für alle da. Sie entwickeln neue Wege der Versorgung. Das ist das Ende der fremdbestimmten Lebensfäden.

Spürst du es auch schon?
Wie sorgst du gut für dich ganz aus eigener Kraft?

Es braucht immer wieder ein Ja. Das neue Erdenbewusstseins ist schon da. Es hat begonnen. Das fühlen die vier Frauen, die Ammen am nordwestlichen Feuer deutlich.

Ja, ja, ja, singen sie. Ja. Und dann sinken sie hinein in die Stille, um dem Herzschlag des Erdenkindes zu lauschen.

Es ist getan. Die Ammen verlassen ihre Positionen im nordwestlichen Kreis und klinken sich zurück an ihr Feuer. Die Hüterinnen des Nordwestens rücken wieder zusammen.

Eibenwald

Das Gewand der Zeitweberin hat sich durch die Hilfe der Ammen und die aufgenommenen Fäden der Menschen um ein warmes großes Tuch in leuchtendem Ocker erweitern können. „Ich breche auf!“ Sie traut sich, den Winter zu durchqueren und kommt an das Tor zur Ewigkeit. Dort liegt auch die Todeshütte.

Sie weiß, nur wenn sie stirbt, die zu alt gewordenen Geschichten in die Ewigkeit hinein lösen kann, wird Neues gewirkt.

Ein schmaler Weg, der von Eiben gesäumt ist, verengt sich nach hinten. Es wird dunkler und dunkler. Die Eiben flüstern ihr zu:

Ab hier spielt Zeit keine Rolle mehr. Zeit ist ein leerer Raum, den du dir herbeitanzen kannst. Der Rhythmus deiner Schritte webt den Traum hinein. Fülle ihn mit deinem Atem. Bewege ihn mit deiner Lust. Richte dich darin ein. Die Zeit dehnt sich in die Träume hinein und erweckt sie zum Leben.

Die Schritte der alten Nomadin werden langsamer. Die Worte der Eiben klingen in ihr nach. Durch das Tor der Ewigkeit führt der Weg ganz alleine.

Fahles Licht umfängt sie und verwebt Helles mit Dunklem. Zeit ist bloß eine Illusion, flüstern die tief hängenden, smaragdgrünen Zweige der Eiben. Ab jetzt ist Gegenwart. Ihre Nadeln zeigen die Richtung: Hinunter geht's auf dem Weg zu weiterer Verwandlung.

Die Todin, größte aller Heilerinnen, verkündet: „Gestorben wird vor der Erneuerung. Sterben. Sterben lassen. Lösen. Lösen. Lösen. Komm in die Todeshütte. Bist du bereit?"

Was kannst du in deiner Todeshütte loslassen?

Gebündelt das Licht, sie steht inmitten eines unwirklichen Runds. Kühl ist es und leer. Weder-noch ist das Empfinden. Was Konturen hat, löst sich hinein ins Zwischenreich.

Und noch tiefer fällt sie. In den Raum hinter der Zeit. Halt findet sie in der Liebe. Im Vertrauen. Sie kann sich nur ganz hineingeben. Wenn es keine Gurte gibt, muss sie geschehen lassen.

„Wirke Wirklichkeit." „Jetzt."

Ihr Herz strömt in alle Richtungen. Gold schwingt.

„Verwandlung."

Und noch tiefer fällt sie hinein in ein Boot. Inmitten des schwarzblauen Meeres ist es verankert. „Zieh die Kette nach oben."

Mit aller Kraft, die sie aufbieten kann, zieht sie. Der eiserne Anker liegt im Boot und Wind kommt auf.

„Sieh! Hinein in die Weite und noch weiter. Sieh!"

Sie sieht nichts. Sie schaut. Hinein in die Dunkelheit. Das Boot schaukelt im Wind. Instinktiv setzt sie die Segel. Spannt sie in den Wind.

„Was willst du?", raunt der Wind. „Wohin soll ich dich tragen?"

„Lass es los, dein Wintergewand", raunen die Eiben durch den Wind.

Sie schaut an sich herunter. Schwarz ist ihr Körper, ohne schützende Haut. So schwarz wie das Meer. Konturlos ist sie geworden. Eingepasst in das dunkle Gewässer.

Leer.

„Jede Form kannst du annehmen. Wähle." Fordernd der Gesang der Eiben.

Sie spürt die Gischt. Sie legt einen lichten Schleier auf ihr Haar. Der senkt sich über ihre Augen und richtet den Blick nach innen.

Sie spürt das Meer in sich. Erfasst das, was nicht enden kann.

„Wähle!"

Stammelnd die Sprache der, die nichts sieht, aber ist.

Silben reihen sich aneinander. Sie weben. Ein Bild steigt aus dem Klang.

Mit einem Mal singt sie. Sie singt. Gold strömt aus ihrem Herzen, fällt ins Meer.

Die Wellen tanzen.

Die Winde richten sich aus.

Gelöst die Fahrt.

Am Ufer stehen die vom Gesang angelockten Ahnen des Nordens bereits zum Empfang. Der Schleier hebt sich. Klar erscheint, was vor ihr liegt.

Da steigt sie nach oben.

Die Winde wehen. Sie kehrt zurück.

Ein morscher Baumstumpf im Eibenwald. Er riecht nach winterlichem Moder. Im toten Gehölz findet sie Leben.

„Erneuerung", raunen die Eiben. Ein Zeitfenster öffnet sich.

Aus dem Stumpf ragt der bebilderte Arm eines Mannes. Den Kopf ziert ein Geweih aus Eibenzweigen. In seinem Mund hat er einen Eibensamen.

„Diesen Traum erkenne ich doch wieder?" Und durch das Fenster kann sie der medizinkundigen Amme zuschauen, wie sie grade das Männliche heilt.

„Durch alle Zeiten wirken die wahren Momente", raunen die Eiben. „Was hier geschieht, geschieht auch dort. Synchron, synchron."

Und so ist es auch in der Menschenzeit.

Was geschieht bei dir?

Sie schaut auf den tätowierten Arm und nimmt den Eibensamen aus dem Mund des Mannes. „Manchmal wehen die Wandelwinde nicht. Oder in eine andere Richtung. Für mich ist's genug", murmelt der und stirbt.

Die alte Nomadin erschrickt. Mit ihm stirbt die alte Ordnung. So lange konnte sie sich halten im Lebensrad. In

ihrer linken Hand hält sie den Eibensamen. Die Zeit steht still. Nur noch der Same. „Und nun?"

Einen Augenschlag später steht sie am Feuer des Nordens.

Die Erde grollt jetzt viel lauter als zuvor. Drei Mal hintereinander. Eine schwarz Gekleidete erhebt sich im Kreis des Nordfeuers. Es ist die Torhüterin hinein ins Leben und heraus. Sie hat Freudentränen in den Augen. Bald ist es so weit.

Sie stimmt eine Ballade an. Die Versammlung am Feuer des Nordens hält den Atem an. Die Erdspalte öffnet sich ein bisschen.

Ihr Gesang durchdringt das gesamte Lebensrad. Überall an allen acht Hauptfeuern und auch an den kleineren

Feuern der Zwischenstationen versammeln sich jetzt die Sterbekundigen. Es sind Frauen und Männer, die wissen, wann es Zeit ist, die Fäden abzuschneiden.

Die Menschen wachen auf. Lange genug haben Verhältnisse von Macht und Ohnmacht ihre Zeit regiert. Es gibt hier nichts mehr zu erfahren oder zu lernen. Es ist vorbei.

Die Erde grollt erneut. Besitz über Leben? Niemand will sich mehr auf diese Art orientieren. Da grollt die Erde noch ein Mal. Es tun sich viele Erdspalten auf.

Die hierarchischen Gebilde brechen zusammen. Darunter kommen die vielen gespannten bunten Netze zum Vorschein. Auch unzählige Kreise und Spiralen kann man erkennen.

Am zentralen Sterbefeuer des Nordens sitzen die Schicksalsspinnerinnen. Sie schneiden alle Fäden ab, die noch Verbindungen zur beherrschenden patriarchalen Ordnung haben.

Im Feuer liegt ein mit schwarzem Teer umwickelter Riese, der langsam verbrennt. Es stinkt. Ja, die Werte und vieles andere, das durch das grausame, mächtige Spiel mit der Ohnmacht erworben wurde, stinken.

Es verbrennen alle Gedanken, die sich durch Macht, Manipulation und Gier gebildet haben. Es verbrennen die nicht lebensdienlichen Werte.

Es verbrennt alles, was zu weit nach oben gewachsen ist.

Was habt ihr noch für das Nordfeuer, fragt die Schwarzgekleidete, deren Ballade noch immer klingt.

Was hast du ins Feuer zu geben?

Das Sterbefeuer für das Patriarchat brennt und brennt. Es wird weiter brennen, bis nichts mehr übrig ist. Die Weichen sind unumkehrbar gestellt.

Da vernimmt die Zeitweberin das Raunen der Eiben wieder: „Was ist für dich wesentlich? Warum willst du wiederkehren? Gib den Samen in die Erde."

Der Eibensamen pulsiert in ihrer Hand. Das Wesentliche liegt in ihren Händen. Sie klopfen und pochen.

Erstaunt halten einige der neuen Männer und Frauen in der Menschenzeit plötzlich Bücher mit leeren Seiten in ihren Händen.
Wie sieht deins aus? Gib ihm einen Titel.

Die erste Frau am Feuer des Nordens erfährt: Ganz im Hier und Jetzt bleibe ich bei mir und sorge für stimmige Verhältnisse. Sie will sich im Geschehenlassen üben.

Nicht tun, sondern empfangen. Die zweite vertraut dem Phönix, der aus der Asche steigt. Die dritte weiß jetzt: Für sie ist gesorgt.

Gewissheit breitet sich aus: Die neue Welt lässt sich nicht denken. Sie entsteht durch das Miteinander, das erdverbundene Leben. Wir brauchen nicht mehr vorauszuplanen, wenn wir nichts horten müssen und gut versorgt sind im Moment.

Hier und jetzt bist auch du dabei.

In der Menschenwelt wacht man auf. „Das Land, die Erde gehört sich wieder. Wir sind ihre Hüter und Hüterinnen!" Nach und nach ergreift alle Frauen und Männer eine große Freude. Sie spüren, dass ihr Leben die größte Kostbarkeit ist. Sie erfahren, dass ihnen nichts mehr zu Eigen sein muss, um Erfüllung zu finden, und ihr Körper ein Gefäß für ihre Träume ist. Wenn das Besitzenwollen entfällt, blüht die Freude auf. Die Menschen kommen in ihre Kraft. Sie sind sich selbst genug und bewegen sich frei. Fröhlich und kreativ geht es voran.

Was wolltest du schon immer tun?

Klarheit breitet sich aus in der alten Nomadin, der Zeitweberin. Ihre Antwort kommt von dort, wo es pulsiert. Aus den Fingerspitzen wandert es hin zum Herzen: „Ich werde sie spüren. Ich will sie finden und mich finden lassen. Ich will, dass sich starke Fäden in mein Nomadengewand weben. Mein Herz wird Geschichten für die neue Zeit sammeln und daraus mächtige Klänge gebären. Aus meinen Eingeweiden werde ich Knochen besingen und bis ins Blut hinein klingen. Die Liebe wird über allem stehen."

„Das gibt's doch nicht", rufen die Männer und Frauen, als sie die leeren Seiten umblättern. Sie füllen sich beim Lesen mit Worten. Jede und jeder erhält genau die, die sie für ihre Wandlung und Heilung brauchen.

Was steht in deinem Buch?

„Gut gemacht", spricht die Schwarzgewandete des Nordfeuers. „Wähle nun. Tod oder Leben."

Die Zeitweberin gibt den Samen in die Erde hinein. Deckt ihn gut zu.

Löst sich aus den raunenden Ästen der Eiben.

Ihre Gestalt umschmeichelt jetzt ein smaragdgrüner Mantel, dessen Kapuze die Sonnenstrahlen einfängt. In das leuchtende Ocker des Tuchs, das sie bei den Ammen erhalten hat, sind alle Farben des Regenbogens fein hineingewirkt. Ihre Augen strahlen. Ihr Körper ist jung und schön. Die Haut rosig.

Sie legt ihre Hände auf den winzigen Erdhügel, der den Eibensamen bedeckt und spürt ein leises Klopfen. Ganz zart. Sie singt ein bisschen hinein in den Samen.

Und die Erde antwortet mit einem Grollen. Bebt.

Die Zeitweberin fragt sich wie so oft an dieser Stelle des Lebensrads, da von ihr gefordert ist, frisch und unvoreingenommen noch einmal von vorne zu beginnen: „Von welcher Welt bin ich? Hin und her geht mein Weg, bin nicht hier noch dort zuhause. Eine Wanderin. Für wen singe ich hier? Für die Hüterinnen des Lebensrads? Für die Menschen? Wo wächst der Keim? Schon wieder duftet es nach Eibe."

„Ich gehe einfach weiter", beschließt sie leichten Herzens. „Ich gehe einfach weiter. Und ja. Ich habe das Leben gewählt. Also dann, sause Webstuhl, sause."

„Trag deine Wirklichkeit wie ein lockeres Gewand. Dann spürst du Frische und Möglichkeiten", rufen die Eiben ihr nach. Diesmal geht sie mit Rückenwind. Der Weg führt sie in den Nordosten.

Die Unterstützung der Elemente

Ihre Schritte lenken sie in ein Tal. Ihre Nase erkennt, dass sie sich einem weiteren Feuer nähert. Schneller werden ihre Schritte. Da sitzen schon die vier Frauen, die Ammen.

„Viel Zeit ist verstrichen und das Kind noch immer nicht geboren. Wir warten voller Vorfreude", berichten sie der Zeitweberin. „Wir wollen herausfinden, was das Kind braucht und was wir für es tun können."

Die Mutter der Geschichten breitet ihren smaragdgrünen Mantel aus und öffnet die Arme nach oben. „Vertieft euch!" Sie weist jeder einen Wind und ein Element zu.

Die mit dem Ostwind reist, vertieft sich in die Lüfte und ruft die Wesen der Lüfte herbei.

Die mit dem Südwind reist, vertieft sich in das Feuer und ruft nach den Feuerwesen.

Die mit dem Westwind Gekommene vertieft sich in das Wasser und ruft die Wasserwesen.

Die mit dem Nordwind reist, vertieft sich in die Erde und ruft die Erdwesen.

„Was brauchst du, Kind", singen sie. „Was kann ich für dich tun?", fragt jede Einzelne.

Die mit den Wassern Verbundene empfängt den Rat, sich an den Kreislauf des Wassers anzuschließen, für den Fluss und die Verwandlung zu sorgen. „Erzähle Geschichten vom Wasser. Mache die Menschen neugierig auf die Gewässer. Wecke ihre Liebe für alles, was fließt." Die mit den Wassern Verbundene weint. Ihre Tränen, auch die Freudentränen werden zu Perlen.

Die Perlen fallen hinein in die Menschenzeit. Sie ummanteln den Samen der neuen Zeit.

Wunderschöne blaue Fäden ziehen sich durch den Mantel der Zeitweberin.

Was kannst du für die Gewässer tun?
Erzähle deine Geschichte vom Wasser.

Die mit dem Feuer Verbundene erfährt: Es braucht Mut und den Willen zum Hüten. Herzenswärme. Jetzt ist es an der Zeit, das Kind zu hüten. „Lege eine Hand auf dein Herz, die andere auf die Erde: „Guten Morgen, Erdenkind." Begrüße es in dir. Entfache ein Feuer, zünde eine Kerze an, ziehe Sprossen heran zum Zeichen des Neuen Lebens. Teile dein Feuer mit anderen. Versammelt euch."

Die Menschen legen Sprossen auf ihre Fensterbänke und feiern ihr Leben mit einer Kerze.

Wunderschöne herzförmige Musterfäden weben sich hinein in den Mantel der Zeitweberin.

Auf welche Weise möchtest du das Erdenkind begrüßen? Für was brennt dein Feuer?

Die mit den Lüften unterwegs ist, erfährt, dass es Weite braucht. Das Kind benötigt sehr viel Raum, um sich ausdehnen zu können. Sie ist voller Vorfreude. Ein lebhaftes, fröhliches Kind wird kommen. Sie wird einen Schutzkreis ziehen, der alles abhält, was den Raum einschränkt. Das Starre prallt ab. Sie wird ihre Winde, die Lüfte in Bewegung bringen und das Ausgediente wegblasen. Den weiten Raum wird sie reinhalten.

Frischer Wind kommt auf unter den Menschen. Sie atmen wieder frei und tief.

Wunderschöne transparente Fäden ziehen sich durch den Mantel der alten Nomadin.

Wie kannst du deinen freien Raum weiten und schützen? Was kannst du für die Luft tun?

Der mit der Erde Verbundenen zeigt sich das sehr stille, lichte Bild einer Landschaft. Die Hügel sind sauber und die Wege frei. Glasklar die Luft. Nirgendwo liegt Schmutz. Das Leben ist ganz einfach. „Keep it simple", klingt es in ihr. „Berühre die Erde und lass dich von ihr berühren. Wende dich ihr zu. Hab Vertrauen in die Stille."

Sie will der Erde zuhören, in sie hineinlauschen. Die Stille finden, aus der die Klänge kommen. Sie will wertschätzen, lobpreisen, lieben. Sie will Lieder über die Schönheit der Erde und die Wesen, die sie hervorbringt, singen. Den Kräutern, den Bäumen, den Felsen zuhören.

Fröhliche und berührende neue Gesänge entstehen in der Menschenzeit. Die Menschen achten auf ihre Erde. Die mehr und mehr beschriebenen Bücher der Männer und Frauen beginnen zu duften. Sie stecken ihre Nasen tief hinein.

Nach was duftet dein Buch?
Wie klingen deine Gesänge?
Was willst du für die Erde tun?

Wunderschöne terrakottafarbene Filzschnüre ziehen sich durch den Mantel der Zeitweberin.

Die vier Ammen erwachen aus der Versenkung. Sie schauen in das fröhliche Gesicht der ewigen Nomadin, die sich am sausenden Webstuhl der Zeit so wunderbar zu erneuern weiß und ihren Weg durch das Lebensrad so gut kennt.

Gemeinsam grüßen sie das Erdenkind mit der Geste: „Guten Morgen, Erdenkind." Dann ziehen sie den Schutzkreis für den weiten Raum, den es ausfüllen wird. Er wird mit ihm wachsen und sich ausdehnen. Sie legen die Perle hinein. Sie werden still und daraus entsteht die Kraft, die sich im geschützten Kreis sammeln kann.

Schutz und Gewissheit weben sich in die Menschenzeit.

Was gibt dir Schutz?
Welche Gewissheit breitet sich in dir aus?

Die Ammen wissen, es braucht deine und meine Geschichte für das neue Bewusstsein, die neue Ordnung und ein neues Leben.

Für jeden Menschen gibt es ein maßgeschneidertes Lebenskleid, in dem das Erdenkind willkommen geheißen werden kann. Gewoben ist es aus seinen Träumen für eine besondere Welt.

Ja, das Gewand der Zeitweberin, der Mutter der Geschichten wächst aus unseren Lebensfäden. Es wird weniger eng anliegen. Die Wandelgewänder der Nomaden passen sich den Wettern an.

Welches Kleid trägst du?

Und jetzt hat sie alles, was sie braucht. Das mit Regenbögen durchwirkte Tuch schmiegt sich um ihren Hals und ruht auf ihren Schultern. Sie will es in den Osten bringen, dort, wo sie das Kind der Erde vermutet.

Immer mehr Menschen wollen plötzlich aus ihren Notizen und Manuskripten Geschichten für das neue Bewusstsein weben.

Welche Geschichte hat dich bereits gefunden?

Willkommen Erdenkind

Unterwegs sammelt die Zeitweberin alle frisch begonnenen Fäden ein. Es gibt eine ganze Menge jetzt.

Sie kommt zum uralten Gestein im Osten, dort wo die frischen Winde wehen. Hier ist noch jedes neue Kind der Erde geboren worden. Schon von Weitem erkennt sie die tiefe Spalte, Felsen, die ineinander ketteln wie eine Art Reißverschluss. Wenn die Zeit reif ist, werden sie sich öffnen und den Blick auf die Höhle freigeben.

In einem Kreis Birken sitzen sie schon. Einige Menschenfrauen und Hüterinnen des Ostens haben sich versammelt und warten auf das Kind. Mit Gesang und Gekicher wollen sie es locken.

Doch es tut sich nichts.

„Sitzt ihr schon lange da?", fragt die Zeitweberin. „Ja. Und wir sehen, du hast das Tuch mitgebracht. Das ist ganz wunderbar."

Die alte Nomadin setzt sich dazu. Die Frauen reichen ihr frisches Wasser. Gemeinsam erzählen sie, nehmen Fährten auf, wollen neue Spuren legen hinein in den Geist der Zeit, in das Traumgewebe, das Tuch stärken, welches das Erdenkind letztlich empfangen wird.

Es tut sich nichts. Sie beraten sich.

Eine Frau steht auf. Sie erzählt ihren Traum: „Das Patriarchat ist vorbei. Die darin verletzten Männer und Frauen sind geheilt und konnten sich verwandeln. Sie haben sich neue Werte erarbeitet und schätzen jetzt die Erde, das Leben. Es entsteht fröhliches Fadenwerk.

Sie wollen sich uns annähern. Wir können ihnen trauen. Das Lebensrad ist gut gehütet. Alles Polare sucht nach Ausgleich. Die neue Zeit wird selbstbewusste Mütter und achtsame Väter hervorbringen, Söhne und Töchter, denen das Wohl der Erde am Herzen liegt. Dafür haben die sich stetig füllenden Bücher aus der Zwischenzeit gesorgt."

„Frauen, seid ihr bereit, euch auf ein Miteinander einzulassen. Gemeinsam mit den Männern die neuen Geschichten zu erzählen?"

„Wenn es Männer sind, die den Wert der Zeitweberin erkannt haben, ja. Wenn es Männer sind, die das Leben achten und schätzen, für die Erde Verantwortung übernehmen, ja.

Unsere Bedingung ist, dass sie sich bedingungslos einfinden in den alten Kreis."

Die Hüterinnen verbinden sich mit der Weltenseele. Die Frauen verbinden sich mit der Menschenseele. Immer eine sitzt neben der anderen im Kreis. So ist er schon immer gebildet worden, aus dem ungebrochenen Ja zum Miteinander.

Sie vertiefen sich, spannen starke Fäden zur Mutter der Geschichten, der Zeitweberin. In aller Würde trägt sie ihre Krone.

„Ich stehe für uneingeschränktes Leben. Wer die Erde verletzt, verletzt die Weltenseele und die Geschichten, aus denen sie sich speist.

Hier an diesen Ort gelangten bisher nur die Weisesten. Weil sie wissen, wie das Leben hervorgebracht wird, und die Schmerzen im Tor zwischen Tod und Leben nicht scheuen. Weil sie das Kostbarste kennen, bewahren und achten.

Die Neue Welt braucht die heilen Männer und Frauen. Ohne sie ist es nicht zu schaffen. Die Wege sollen in ein gleichwürdiges Leben führen.

Ich frage euch Frauen, Hüterinnen, Seite an Seite sitzt ihr: Seid ihr bereit?"

Die erste murmelt ein zaghaftes „Ja". Die anderen fallen ein. Erst als die letzte einverstanden ist, füllt sich der Kreis mit einem frischen Vibrieren.

Da kommen sie. Erst die Söhne. Dann die Männer. Hinterher die Frauen, die sich verloren hatten. Sie halten ihre Bücher hoch zum Zeichen ihrer Bereitschaft. Die Männer bilden einen Kreis hinter den Frauen. Die Frauen reihen sich ein in den vorderen Kreis und genießen den Schutz in ihrem Rücken. Die Männer und nachgerückten Frauen sind froh, an diesem heiligen Ort willkommen zu sein. Wird es gelingen?

Jetzt breitet sich Freude aus. Die Zeiten der Trennung und Spaltung sind vorbei. Alle spüren: Wir werden gut miteinander auskommen. Zusammen werden wir herausfinden, wer wir sind. Wir wollen der Erde zuhören. Erzählen, was wir erfahren.

Hörst du schon etwas?

Die Zeitweberin strahlt. Ihr Gewand ist durchzogen von kunterbunten Fäden. Es lebt.

Eine Frau erhebt sich: „Willkommen, Erdenkind. Mit dir wächst unser neues Bewusstsein. Leicht ist die Welt – im Frieden. Du bringst mit dir die verbindenden Fäden.

Wir versprechen dir, das Miteinander achtsam zu hüten. Du bist gut aufgehoben im inneren Kreis der Frauen und äußeren Kreis der Männer. Wir alle wollen dich schützen. Wir sind gekommen im Einverständnis."

Eine andere ergänzt: „Wir haben eine Zeit durchquert, die uns auf uns selbst zurückgeworfen hat. In der sich unser Blick auf das Nahe richten konnte. Das Nahe zählt. Hier sind die starken Verbindungen gespannt."

Wie sieht's aus ganz nah um dich herum? Fühlst du dich wohl?
Welche Saiten wollen noch gestimmt werden?

Beglückend. Frei. Innig. Alle fühlen sich gut aufgehoben.

Selbstverständlich. Selbstverständlich. Selbstverständlich.

Alles ist an seinem Platz.

Es wird Nacht. Es ist die Nacht der Neuen Mondin. Ihr lichtes Tor, in dem sich die Nacht gefangen hat, spannt sich über den runden Platz der Birken. Die Menschen und Hüterinnen des alten Kreises, die sich hier versammelt haben, atmen in das Dazwischen. Sie berühren den zarten Übergang der Grenze, die Gegensätzliches voneinander trennt.

Sie halten inne. Empfangen, was ihnen aus der Dunkelheit entgegenkommt. Sie lassen gehen, was darin verschwindet. Es gibt nichts zu tun. Sie sind.

„Kostbar“, erklingt es aus dem Erdinneren. „Kostbar“, singen die im Kreis. Die Herzenstüren öffnen sich. „Kostbar das Leben und das Lebendige.“

Da ist es. Es ist da. Einfach da. War es nicht schon immer da?

Die Zeitweberin hüllt es in das Tuch und nimmt es zärtlich auf ihren Arm. Es ist stark und so fein zugleich. Vollkommen rein. Sie trägt es jetzt in ihrem Herzen. Von dort aus scheint es in die Welt, das weißgoldene Sternenkind.

Und da ist das zweite. Ja! Zwillinge. Geschichtenkinder aller, die sie willkommen heißen. Ein Mädchen und ein Junge. Mit deiner und meiner Freude werden sie wachsen.

Die ewige Nomadin ist glücklich. Die Hüterinnen des Lebensrads werden die beiden gut versorgen. Die Menschen werden wundervolle Fäden ins Gewand der Zeitweberin spinnen.

Alles ist so gut, wie du es dir erträumst.

Was ist mit Patriarchat gemeint?

Ein kleiner Ausflug in die Zeitgeschichte zeigt, wie ein ursprünglich weibliches Weltverständnis über die Jahrtausende in ein männliches verwandelt wird. Dabei geschieht viel Entwertung. Ich habe hier einige wichtige Punkte zusammengetragen. Dieses Ungleichgewicht wieder ins Lot zu bringen ist sicherlich eine Aufgabe der Neuen Zeit.

Es geht bei den Begriffen Patriarchat oder Matriarchat weder um eine Männer- oder Frauenherrschaft, sondern eher um unterschiedliche Betrachtungsweisen der Ordnung des Universums. Was steht im Zentrum und welche Struktur bildet sich daraus?

Wo fühlst du dich in deiner Vorstellung besser aufgehoben: in einer von einer „Großen Mutter" geborenen Welt oder in einer von einem „Heiligen Vater" künstlich oder durch Wunder geschaffenen?

Wo ist der Unterschied?

Du kannst es gleich ausprobieren. Schreibe einen Brief an eine kosmische Mutter und einen an einen kosmischen Vater.

Und wäre es nicht schön, in einer Welt zu leben, in deren Zentrum ein gleichwürdiges Paar stünde und das Universum miteinander kreiert?

Der Ethnologe G. R. Taylor klassifiziert matriarchalische im Gegensatz zu patriarchalen Systemen so:

Matriarchale Verbände zeigen folgende Merkmale:
- tolerante, zustimmende Einstellung gegenüber Sexualität
- Freiheit der Frauen
- hoher weiblicher Status
- fürsorgliches Verhalten wird stärker bewertet als Keuschheit
- demokratische politische Prinzipien
- progressive Ansichten
- Spontaneität, Bekundungen
- Minimalisierung von Geschlechtsunterschieden
- Hedonismus, Lust und Vergnügen willkommen
- Mutterverehrung

Patriarchale Verbände weisen andere Merkmale auf:
- unterdrückende Haltung gegenüber Sexualität
- Unterdrückung der Frau
- Frauen werden als minderwertig, sündig, bezeichnet
- Keuschheit wird stärker bewertet als Fürsorge
- autoritäre politische Prinzipien
- konservativ, gegen Erneuerung
- Angst vor Spontaneität, Verbot, Hemmung
- maximierter Unterschied zwischen den Geschlechtern, z. B. Kleidung.
- Angst vor Lust und Vergnügen, asketische Selbstverleugnung
- Vaterverehrung

Bevor sich das Patriarchat, die „Ordnung der Väter“, in den vergangenen 5000 Jahren entwickelte, lebte unsere Menschheit in der matriarchalischen „Ordnung der Mutter“. Die Mutter stand im Zentrum des sozialen Systems. Die spirituelle „Große Mutter“ ist hier die lebensspendende und wiederaufnehmende Kraft des Universums. Mehr noch, sie ist das Universum. Laut matrilinearem „Mutterrecht“ wurde lange Zeit der Besitz von der Mutter an die jüngste Tochter weitergegeben, denn sie hatte die längste Lebenserwartung.

Der Übergang vom Matriarchat zum Patriarchat war anscheinend von Kämpfen begleitet, denn jetzt tauchen die ersten Waffen auf. Das alte Mutterrecht und damit auch die Besitzverhältnisse wurden gestürzt. Zunächst, indem man die Heirat einführte. Anfänglich heirateten alle Söhne einer Familie alle Töchter einer anderen Familie, um den Besitz nicht zu zersplittern. Dann begann man die Söhne in das Erbe mit einzubeziehen. Im nächsten Schritt erbten zuerst die Söhne von den Müttern und im übernächsten die Söhne von den Vätern.

Kraft und soziale Stellung der Frau, der Mutter nahmen zunehmend ab und wurden entwertet. Die alten Göttinnen gebaren göttliche Söhne, wurden dann zu Töchtern von göttlichen Vätern und verschwanden im nächsten Schritt ganz. Aus den friedlichen, sozialen Verbänden des Matriarchats wurden die uns bis heute bekannten hierarchisch gegliederten Staatsformen, in denen Aggression, Krieg und Zerstörung viel Raum gegeben wird.

Mit fatalen Auswirkungen auf das gesellschaftliche Zusammenleben: Trägt eine Gesellschaft ein entwertetes Mutterbild in sich, fehlt ihr Wertschätzung der Basis aller natürlichen Bindungen, die selbstverständliche Fähigkeit der sozialen Zusammenarbeit und die Achtung für die Erde, das Leben.

Ein Mensch, der den mütterlichen, fürsorglichen Aspekt seiner Persönlichkeit unterdrückt, verliert sein Verantwortungsgefühl gegenüber zukünftigen Generationen. Er vergisst, sich als verantwortliches Bindeglied in das Zeitgeschehen einzufügen.

Woran glaubten unsere Vormütter?

Der matriarchalische Glaube war anscheinend frei vom Streben nach dem unerklärlichen Sinn des Lebens – das Leben musste nicht, wie später in der patriarchalen Weltanschauung, gerechtfertigt werden, sondern es wurde ganz selbstverständlich beschützt, erhalten und genährt. Die Natur und alles, was sie hervorbringt, gilt hier als höchstes Gut.

Im matriarchalischen Weltbild gibt es keine Schuld oder Sünde, wie später von den patriarchalen Religionen impliziert. In jenen müssen sich sinnsuchende Söhne vor einem recht tyrannischen, unerreichbaren Vater verantworten, der vom Himmel aus Gesetze, Befehle und Gebote erlässt. Er hat wenig Sinn für die Frauen und erst recht nicht für deren Belange.

Je weiter das Patriarchat voranschreitet, desto mehr will man die Welt der Mütter und damit das Leben, das sie hervorbringen, beherrschen. Das Machtstreben wächst. Macht über Besitz, über Leben. Wissenschaft über Erfahrung und Weisheit. So definieren sich die Werte der neuen Welt mit den männlichen Attributen.

Die Rolle der heutigen Frau, besonders als Mutter ist immer noch zu stark entwertet. Wir finden die Frau in einer von Männern geschaffenen Moral und Welt, wie sie ihren „Mann" steht im Zuge der Gleichberechtigung und das Muttersein fremdorganisiert, um in der Arbeitswelt bestehen zu können.

Weil die weiblichen Werte nicht in die von Männern kreierten Arbeits- und Lohnstrukturen eingebaut sind, wird die Mutterrolle als lästige Störung auf dem Weg zu Karriere und Erfolg empfunden und an private oder staatliche Organisationen abgegeben.

Engagement im Sozialen oder der Pflege, genauso wie die Begleitung ins Leben hinein und aus dem Leben heraus, werden kaum vergütet. Dasselbe gilt für den Naturschutz und andere lebensdienliche Aufgaben, denen wenig „Wert" zugesprochen wird.

Ein gesellschaftlich geschwächtes Mutterbild führt zu Depression, Krankheit und Entwurzelung. Denn „Mutterkraft" ist die Verbindung zu unserer Vergangenheit und unserer Zukunft. Sie zieht sich als Lebenslinie, roter Faden durch die Generationen und verwebt sie miteinander und der Erde.

Mütter wird es geben, solange die Menschen sich fortpflanzen, und immer werden sie den Kindern das Leben schenken.

Begreifen wir das Leben auf der Erde als kostbar, ergibt sich daraus Folgendes:

Eine „Mutter" ist das Herz der Familie, der sozialen Struktur. Der Mutterarchetyp steht für die Liebe, die mit der Umwelt und anderen verbindet. Verstehen wir die Welt als einen von einer Mutter geborenen Organismus, entwickeln wir ganz selbstverständlich ein Bewusstsein für unser Umfeld. Wir wissen, wir sind mit allem Leben verwandt und tragen deshalb ganz selbstverständlich Sorge dafür. An deren Seite steht im Idealfall ein schützender Vater.

Alte und neue Zeit

Der Übergang vom Matriarchat zum Patriarchat vollzieht sich auch im Wechsel der kosmischen Bezogenheit. Sonnenkulte lösen die alten Mondkulte ab. Zunehmend wächst die Verehrung des männlichen Prinzips, der aktiven Gestaltkraft des Geistes, repräsentiert durch die wachsende Zahl der Götter, die den Himmel nach und nach immer mehr dominieren. Zunächst werden sie als Söhne der „Urmutter" eingeführt, dann zu Vätern gemacht, die vergessen, dass sie geboren werden. Sie gelangen durch Wunder ins Leben.

Das männliche Prinzip befreit sich aus seiner Abhängigkeit und scheinbaren Unterlegenheit gegenüber dem Ur-Weiblichen, indem er es abwertet, ablehnt und verdrängt.

„Gott" wird zum allgegenwärtigen Vater. Einer geistig-moralischen Instanz, die Trieb- und Instinktkräfte bekämpft, besiegt und überwindet, indem sie abgespalten und in die andere Welt (z. B. die Hölle, das alte Reich der Hel) verbannt werden. Die Natur ist „Gott" und den von Männern entwickelten Wissenschaften untertan.

Dem organischen, instinktgebundenen Weltbild des Mutterarchetypen steht das kontrollierende, perfektionistische des „patriarchalen Vaters" gegenüber.

Während die „Mutter-Ordnung" den Kosmos erfährt und sich mit ihm wandelt, berechnet der „neue Vater" seine Welt, um sie zu manipulieren.

Die alte „Mutter" ist eingebunden in Kreise und Spiralen, der sich entwickelnde „Vater" arbeitet sich von unten nach oben, entwirft Himmelsleitern und Hierarchien.

Die „Mutter" verstand sich als ein Teil des Ganzen und band ein, der „Vater" lebt nun in der Abspaltung, dirigiert und regiert.

Durch das entstandene (Werte-)Ungleichgewicht entfernen sie sich immer weiter voneinander und es wird es schwerer und schwerer, dass sie zueinander finden.

Tatsache ist, dass beide Prinzipien – nämlich das männliche, aktive, und das weibliche, empfangende – gemeinsam die Welt gestalten und zusammen in uns wirken.

Gesund ist ein gleichwertiges Weltbild, in dem diese beiden das Leben formende Prinzipien nicht als widerstreitende, sondern verbindende, sich ergänzende Kräfte begriffen werden können.

Das Universum ergibt sich aus ihrem Tanz und sie tanzen miteinander im kosmischen Rhythmus.

Wenn das Männliche das Weibliche achtet und umgekehrt, werden Gegensätze zu Ergänzungen: sowohl als auch. Das brauchen wir dringend für den Frieden und die neue Zeit.

Spiralförmig entsteht Neues

Die Spirale und später das Labyrinth sind Symbole der „Großen Mutter“ und beschreiben deren schöpferische, urweibliche Bewegung in der Zeit.

Während die aufsteigende Spirale irdische Energie in spirituelle transformiert, materialisiert die absteigende oder nach innen gerichtete Spirituelles. Sie ist die ursprüngliche, allem zugrunde liegende Bewegung. Sie ist der Schlüssel zur Unsterblichkeit und wird mit der Mondbewegung identifiziert.

Spiralförmig ist die Zeit, mit dem Monat als kleinster Einheit. Von Vollmond zu Vollmond entsteht ein Monat, von Sonne zu Sonnenwiederkehr ein Jahr, daraus ein weiteres. In immer größer werdenden Kreisen entwickelt sich die Zeit als spiralförmiges Kontinuum. Das ist der Weg der alten Nomadin, der Zeitweberin.

Der spiralförmige Weg zum rituellen Platz und die spiralförmige Anordnung des Universums folgen der natürlichen urweiblichen Bewegung der „Großen Mutter". Heute wissen wir, dass der kürzeste Weg über große Entfernungen im All keine Gerade, sondern eine Spirale ist.

Zu vielen der alten Ritualplätze, die zur alten Zeit meist Höhlen waren, tanzten sich unsere Vorfahren durch eine Spirale ins Zentrum. Nur wer bereit ist, sein altes Ich hinter sich zu lassen, kann in das Innere gelangen.

Das Zentrum, die Höhle, ist gleichzeitig die Geburtsstätte für Neues, der Mutterleib, in dem die Transformation stattfinden kann. Hinein kommen diejenigen, die das alte Bewusstsein hinter sich lassen und frei geworden in das Innerste durch einen Geburtskanal, einen niedrigen Tunnel kriechen.

Die alte Persönlichkeit stirbt, um auf einer feineren psychischen Ebene wiedergeboren zu werden.

Das Lebensrad – der Jahreskreis

Am sausenden Webstuhl der Zeit sitzen die drei Schicksalsspinnerinnen und bewirken Vergangenheit, Gegenwart und Zukunft im Lebensrad. Das ist eine sehr alte und in vielen Kulturen wiederkehrende Überlieferung.

Das Rad der Zeit wird von den Frauen gehütet, denn sie tragen dessen Rhythmus ja in ihrem Körper. Jede Frau ist auf natürliche Weise mit den Mondzyklen verbunden. Dreizehn Monde ergeben ein Rund in der Zeitspirale – den Jahreskreis.

Das Studium der Sterne gilt als „Grundstein aller intellektuellen Kultur". Die anfängliche Astrologie basiert auf der Bewegung der Mondin. Im Lebensrad, dem Jahreskreis, befinden sich ihre Häuser.

Ein archaischer Ausdruck für die Astrologie ist *mathesis* – Mutterwissen. Astrologinnen wurden auch *mathematici* genannt, studierte Mütter.

Bei den Römern wird die Berechnung der Zeit *mensuration* genannt, was „das Wissen um die Menses" bedeutet. Das gälische Wort für Menstruation und Zeit ist das gleiche: *miosach* und *miosachan*.

Die acht Feuer des Lebensrads

Steht die „Große Mutter", aus der alles Leben hervorgeht, im Zentrum der Welt, dann ist sie auch die Hüterin und Weberin der Zeit. Sie wandelt sich im zyklischen Geschehen. Zur Wintersonnenwende wird sie geboren und altert übers Jahr, um sich dann wieder zu erneuern. Spiralförmig sind ihre Erfahrungen.

Dabei besucht die ewige Nomadin acht Feuer, die in den acht Himmelsrichtungen verortet sind. Es sind Feuer der Wandlung. Hier finden acht Initiationen statt, Jahr für Jahr. Sie bezeichnen Entwicklungsschritte im zyklischen Werden und Vergehen.

Im Osten des Lebensrads erneuert sich „die noch junge Reisende". Am Feuer des Ostens wehen die Winde, hier sammeln sich die Wesen der Lüfte. Ihr kindlicher Geist fliegt frei und absichtslos. Sie ahnt und entwickelt eine Vision. Sie ändert ihren Blick. Es öffnet sich ihr der Raum neuer Möglichkeiten. Sie begibt sich auf unbekannte Wege.

Lade dir das Stammeln, das Unfertige, die Ungewissheit, Unsicherheiten, das Stottern, das Raunen und Flüstern ein.
Experimentiere. Wenn etwas perfekt daherkommt, ist es nicht neu.

Im Südosten richtet sich der Blick der sich Wandelnden auf Bereicherndes. Sie gewinnt an Freude und ihre mädchenhaften Sinne erwachen. Am Feuer des Südostens mischen sich die inspirierenden Wesen der Lüfte mit den leidenschaftlichen des Feuers. Die Nomadin im Lebensrad sehnt, folgt dem Vergnügen und lässt sich berühren und verführen. Sie entwickelt Begeisterung.

Öffne deine Sinne und lasse dich berühren. Prüfe: Worauf hast du wirklich Lust? Alles, was du aus ganzem Herzen tust, nährt dein Leben und hat automatisch Erfolg.

Im Süden wird sie zur Frau, zur Geliebten des Lebens. Am Feuer des Südens versammeln sich die kräftigen Feuerwesen. Sie probiert sich aus im Spiel, im Tanz, in der Lust. Ihr Reich blüht und gedeiht. Sie wirkt erfüllt. Sie weiß mit der Fülle umzugehen.

Was erfüllt dich? Wer bist du, wenn du ganz in deiner Kraft bist und dein Reich regierst? Entwirf deinen Steckbrief.

Im Südwesten ahnt die jetzt reifere Frau, dass die Lebensmitte überschritten ist. Hier am Feuer des Südwestens gewinnt sie an Weisheit, weil sie das Vergehen des Sommers erfährt. Versammelt haben sich die Feuerwesen und die Wasserwesen. Die im Lebensrad Herangereifte lernt zu schneiden und zu bewahren. Das eine vom anderen zu trennen und unterscheiden. Sie entwickelt Entscheidungskraft.

Welche Entscheidungen stehen für dich an? Was willst du mit in die dunkle Zeit nehmen und welche Zöpfe gehören abgeschnitten, weil sie dich belasten und nicht wintertauglich sind?

Im Westen ist die älter gewordene Nomadin reif für die ausstehenden Abschiede. Der Sommer ist vorbei. Am Feuer haben sich die Wasserwesen versammelt. Hier lernt sie das Lösen. Das Loslassen. Das Verwandeln. Das Haltbarmachen. Sie erblickt das Tor zur Unterwelt. Es führt in die Tiefen der winterlichen Gefilde. Sie sucht nach Losungsworten.

Welche Abschiede stehen an für dich? Von welchen Vorstellungen kannst du dich getrost lösen, weil sie dich nicht nähren? Welche Umstände verlangen dir zu viel ab? Denk an den Winter. Wie kommst du gut durch? Was kommt in deine Vorratskammer?

Im Nordwesten gewinnt die Reisende im Rad der Zeit an Weisheit und ist sich ihres Alterns bewusst. Am Feuer des Nordwestens sind die Wasser- und die Erdwesen versammelt. Sie hat mit ihrer Hilfe Abschied genommen, sich verwandelt und nimmt jetzt Anteil, weil ihr Krankheit, Vergänglichkeit und Tod ins Bewusstsein rücken. Das Festhalten macht keinen Sinn mehr. Sie ahnt um ihre soziale Verantwortung, die tiefem Mitgefühl entspringt. Ihr Blick richtet sich auf die große Verletzlichkeit des Lebens.

Wie sieht's bei dir aus?
Wenn du das Sterben als unvermeidbare Komponente des Lebens begrüßt, was bedeutet für dich dann das Hier und Jetzt?

Im Norden ist die jetzt Alte Weise im Winter ihres Lebens angekommen. Am Feuer des Nordens haben sich die Erdwesen versammelt. In der steinernen Todeshütte erkennt sie das Wesentliche und reduziert sich. Hier entscheidet sie sich für Tod oder Leben. Sie weiß, was sie weitertragen wird.

Was ist für dich wesentlich?

Im Nordosten lässt sie den alten Körper hinter sich. Sie trägt die Welt wie ein lockeres Gewand und wird zur Närrin. Bereit für eine neue Runde. Am Feuer des Nordostens haben sich die Erd- und Luftwesen versammelt. Frei und transparent, gebiert die Nomadin ihr spirituelles Lichtkind. Sie erhält eine frische Hülle, ihre Haut regeneriert sich und füllt sich mit dem Atem des neuen Lebens. Sie entwickelt Humor und lernt, mit den Möglichkeiten zu spielen.

Gib deinen Ahnungen Raum. Wo findest du das Licht nach der winterlichen Dunkelheit?

Die ewige Wanderin im Lebensrad kennt ihren Weg und ist ihn oft gegangen. Sie versteht es, die Zeit zu weben. Ihr liegen alle Feuer gleichermaßen am Herzen. Sie ist die Hüterin des Lebens.

Indem du die Zeitweberin begleitest, begibst du dich auf den alten, friedlichen Weg der Verwandlung. Du gewinnst an Bewusstheit und lernst, deine Welt im Einklang mit den Rhythmen der Natur zu gestalten.

Ich wünsche dir viel Freude dabei.

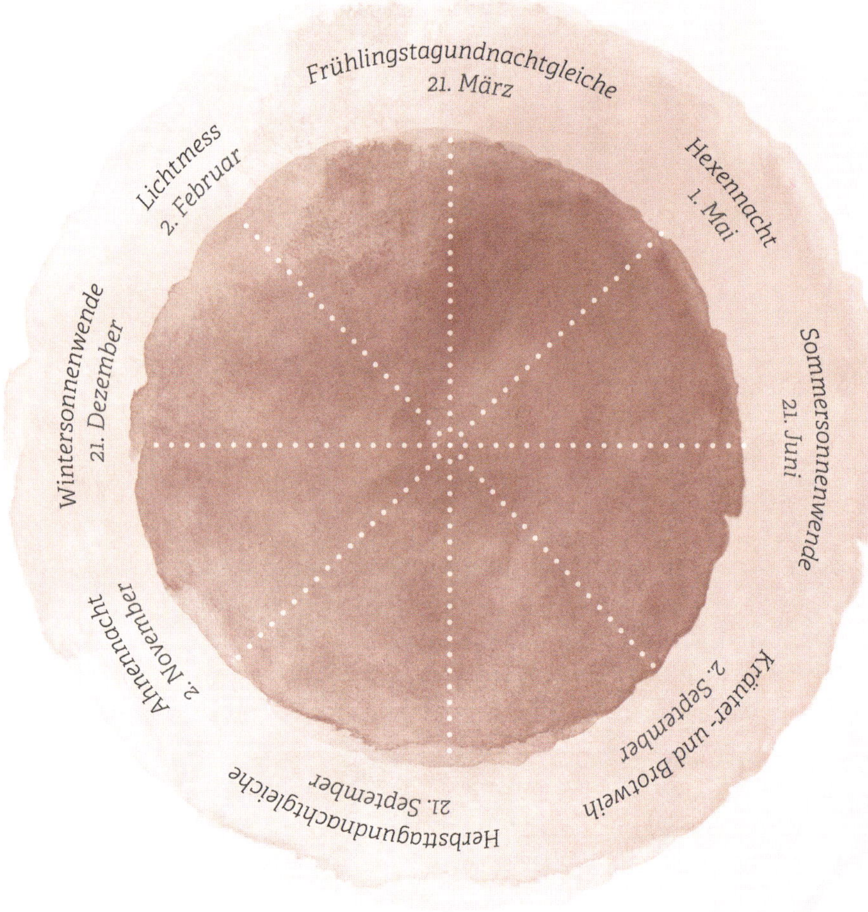
Frühlingstagundnachtgleiche
21. März
Hexennacht
1. Mai
Sommersonnenwende
21. Juni
Kräuter- und Brotweih
2. September
Herbsttagundnachtgleiche
21. September
Ahnennacht
2. November
Wintersonnenwende
21. Dezember
Lichtmess
2. Februar

Die Feuer des Lebensrads im Kalender

21. März – Frühlingstagundnachtgleiche (*Ostara*)
Feuer des Ostens / Luft / Vision und Erneuerung

1. Mai – Hexennacht (*Beltane*)
Feuer des Südostens / Luft – Feuer / Begeisterung

21. Juni – Sommersonnenwende (*Litha*)
Feuer des Südens / Feuer / Lust, Sinnlichkeit und Fülle

2. September – Kräuter- und Brotweih (*Lammas*)
Feuer des Südwestens / Feuer – Wasser / Entscheidung

21. September – Herbsttagundnachtgleiche – *Mabon*
Feuer des Westens / Wasser / Abschiede, Lösen

2. November – Ahnennacht (*Samhain*)
Feuer des Nordwestens / Wasser – Erde / Mitgefühl

21. Dezember – Wintersonnenwende (*Yule*)
Feuer des Nordens / Erde / Todesbewusstsein, soziale Verantwortung

2. Februar – Lichtmess (*Imbolc*)
Feuer des Nordostens / Erde – Luft / Spirituelle Geburt

Initiationen an den Feuern des Lebensrads

Das Feuer des Ostens brennt für die Luft, die Winde, den Atem.

Rücken getragen
Flügelschläge offen weit
Feder leicht im Wind

Auch du bist zum Fliegen gemacht.
Breite deine Schwingen aus.

Kostbar die Lüfte
Schwingen in den Raum dehnen
licht meine Welten

Wolkenlos im Tanz
Wind weht wirbelnd Federkleid
frei offen glücklich

Das Feuer des Südostens brennt für die Luft, die Winde und das Feuer, das Licht.

Singen und Klingen
Winde richten sich neu
Berührt und verführt

Lass dich von den Winden berühren und erfrischen.
Öffne deine Hautporen.

Bereichernder Blick
Pfad leuchtet von tief innen
Schwinge mein Herz sanft

Ozeantief spring
Himmelsweite sternenklar
Federkleid fliegt los

Das Feuer des Südens brennt für das Feuer und die Wärme, die Sonnenkraft.

Ganz geheuer ist mir das Feuer
Die Lust am Zielen will mit mir spielen

Du kennst den Weg deines Herzens. Folge ihm und er wird sich vor dir auftun und dich tragen.

Freude an Freiheit
ich genieße mein Leben jetzt
Herz tanzt im Rhythmus

Bleiben genießen
Träume ins Leben singen
die Netze vertraut
Die Liebe hat Spaß am Wegezauber
in unsicheren Gebieten
sie verhandelt Wohlgesonnenes

Das Feuer des Südwestens brennt für das Feuer und das Wasser.

Hüterin verweilt
entschlossen an den Toren
lichte Lust befreit.
Ich mach mein Ding
Egal, was passiert
Vertraue, bin geführt.

Auch du bist bereit, Entscheidungen zu treffen. Wäge ab.

Ja es geschieht
Gewoben in Zeit und Ort
Klingt das Wort

Himmelsspiegel im Sand
Fängt das Licht
Und zeigt mein Gesicht

Das Feuer des Westens brennt für das Wasser.

Wolle den Wandel
Sinnenwandel hin zum Fluss
Wandelnd wenden nass

Auch du bist bereit, loszulassen und dich zu verwandeln. Was geschieht?

Das schwarze Gewand
ins Feuer macht es mir leicht
Trage mein Kleid bunt

in Wahrheit verstehen
Sie kennt keine Zeit
die Liebe befreit
die Liebe verzeiht

Das Feuer des Nordwestens brennt für das Wasser und die Erde.

Behütet der Raum
Traumwebereien möglich
Grenze schützt Leben

Breite deine Arme aus und begrüße die Vergänglichkeit. Wenn sich nichts halten lässt, was ist dir wichtig?

Ich danke dir mit tausend Grüßen
du mit deinen tausend Füßen
bist ein Wesen,
das sich wandeln wird.

Tausend Schritte
Hinein und aus der Mitte

Tausend Hände gestalten das Wesen
Es lässt sich lesen
In seiner Zeit.

Das Feuer des Nordens brennt für die Erde

Zusammenschau trau'
Scharfe Augen bewegen
Überblick Segen

Schau auf die Zusammenhänge. Wo ist deine Position im großen Ganzen? Welche Rolle weist du dir zu? Wie dienst du deinem Umfeld auf bestmögliche Weise?

In der Pause Zuhause
Hier genau hier lebt die Stille in mir
Dank ist mein Zaubertrank

Das Feuer des Nordostens brennt für die Erde und die Luft

Frei und weit mein Federkleid
Ja ich bin gerne auch ohne Sinn

Träume dir Spielräume. Trage deine Welt wie ein lockeres Gewand.

Jede Sekunde In grenzenloser Weite
Frieden berührt Sein

Ich stimme – Stimme
stimmig – gestimmt
eingestimmt – übereinstimmend

Jetzt zum Buch im Buch

Solange es Menschen gibt, fallen Träume aus dem Lebensrad und finden in die Welt hinein. Am wärmenden Feuer wird erzählt und überliefert. Hier entstehen Poesie und Kunst.

Geschichten gestalten die Welt, verbinden und sprengen Grenzen. Sie spinnen unsere Erlebnisse ein in den sausenden Webstuhl der Zeit, das große heilsame Ganze. Gemeinsam lachen und weinen wir. Wir erfinden, trauern, verarbeiten, unterstützen, beobachten und begleiten. Erzählen belebt. Schreiben klärt. Wir fragen und finden Antworten, werfen unsere Anker aus und halten Bedeutsames fest.

Worte der Inspiration, des Kummers, der Liebe verweben sich. Zu Worten der Macht werden sie immer dann, wenn wir sie schätzen und teilen.

Deine Geschichte für eine neue Zeit

Was ist, wenn hier und jetzt eine neue Zeit geboren wird? Eine gesunde Zeit, in der das gleichwürdige Leben aller ganz selbstverständlich geschützt ist?

Du kannst dazu beitragen, genauso wie ich. Und hier beginnt deine Geschichte.

Willkommen in deiner Wortklang-Weberei.

Sieben Schritte zu deiner Geschichte

I – Inspiration

Schau dir die Antworten an, die du im ersten Teil des Buches, in der Geschichte gegeben hast. Trage sie zusammen. Jetzt kannst du daraus selbst eine Geschichte weben.

Wenn du möchtest, leg dir eine Trommel- oder Rasselmusik auf und begebe dich auf diese Traumreise.

Traumreise zur Einstimmung

Atme in die Stille hinein, die unter den Geschichten liegt. Hole mit deinem Atem die Pausen hervor. Atme in die Pausen. Sie geben den Klängen ihren Rhythmus. Aha. So entsteht deine Sprache. Genieße die Stille der Zwischenräume.

In dieser Stille hörst du das Knistern eines Feuers. Es lockt dich an und du siehst sie schon dasitzen. Die Hüterinnen deines Kreises heißen dich willkommen.

Du sprichst zu ihnen. Teilst ihnen mit, dass du gekommen bist, um dich von deiner Geschichte finden zu lassen.

Gemeinsam ladet ihr deine Muse, deine Traumweberin ein. Sie nimmt Platz in deinem Herzen.

... Du schaust jetzt von oben auf die Geschichte, die du dir bis heute selbst erzählt hast. Sie hat dich hierher, an dieses Feuer gebracht. Du spürst: Du bist die Hauptfigur in deiner Geschichte und träumst deine Erlebnisse. Du schaust auf die Mitwirkenden. Aha. So sind die Nahen und so die Ferneren an den Nebenschauplätzen. Oh. Sie alle spielen eine Rolle in meiner Geschichte. Verweile ein bisschen im Moment. Was ist dir hier und heute wichtig für deine neue Welt? Wende dich an deine Muse, deine Traumweberin. Frage sie, wozu sie dich inspirieren will?

Aus der Stille unter den Geschichten taucht ein Klang auf, ein Wort, ein Bild, ein Geschmack, ein Duft ...

Bilde deinen ersten Satz ... Lasse es fließen ...

Wie heißt deine Geschichte für die neue Zeit? Wer kommt darin vor? Wo spielt sie? Ist sie real, ein Märchen, Fantasie, Poesie oder eine Fabel?

II – Verbindungen

Entwirf die Charaktere deiner Mitspielerinnen und Mitspieler. Wer ist für deine Geschichte von Bedeutung? Kommen Tiere und Pflanzen darin vor?

Was erfüllt deine Hauptfigur? Was wünscht sie sich? Was braucht sie, damit ihre Träume wahr werden?

III – Kommunikation

Lass deine Figuren miteinander sprechen. Entwirf Dialoge.

IV – Handlung

Was will deine Hauptperson mit ihnen erleben?

Beginne jeden Satz mit: „Ja, lass uns …“

Wer kann sie unterstützen? Wer ist ihr im Weg? Gibt es weise Kräfte?

Forme daraus einen weiteren Teil deiner Geschichte.

V – Konfrontation

Welche Herausforderung stellt sich jetzt?

VI – Verwandlung

Wie wird sie gemeistert? Wie hat sich deine Hauptfigur verwandeln können? Was hat sie verstanden?

VII – Bedeutungsvolles

Was bedeutet das für deine neue Welt?

Ausklang

Unsere Geschichten formen die Welt. Sie sind der rote Faden, der sich durch das Lebensrad zieht. Es gibt so viele Geschichten und viel mehr noch werden sich ins Gewand der Zeitweberin fädeln.

Die GeschichtenerzählerInnen blicken auf eine uralte Tradition zurück. Nicht jede Geschichte geht gut aus, aber aus jeder lässt sich ein Geschenk mitnehmen.

Es gibt fröhliche und ernste, glückliche und tragische, komische und traurige Erzählungen. Es gibt Geschichten auf ganz unterschiedlichen Ebenen. Manche finden nur in der Fantasie statt, andere wurden bereits gelebt oder spielen im Moment, wieder andere vermischen das Leben mit der Fantasie.

Solange es Menschen gibt, wird es auch Geschichten geben. Einige möchten erzählt werden, andere werden besser aufgeschrieben.

Es gibt Legenden, Sagen, Mythen, Märchen, Fantasie, Poesie, Lyrik, Erzählungen, Kurzgeschichten, Novellen, Romane. Es gibt Lieder, Balladen und Gedichte.

Allen gemeinsam ist: Die wahren Worte kommen immer aus dem Herzen und entstehen in der Frische des Moments. Mit geschlossenen Augen erzählt es sich anders als mit offenen.

Das gesungene Wort kommt aus der Seele. Lyrik und Poesie entstehen im emotionalen Teil unseres Gehirns. Zauberklänge und -gesänge wirken magisch. Sie bringen die Körperwinde in Schwung und ordnen das Resonanzfeld neu.

Wortmagie, Klangmagie, Worte der Macht und der Eigenmacht entstehen aus der tiefen Versenkung heraus.

Wenn ein Land erobert wird, nimmt man den Einwohnern als Erstes die Sprache und damit die Bezogenheit und die Macht. Denn was ist der Mensch ohne seine Sprache?

Wir brauchen so dringend Worte der Verständigung. Schöpfen wir also Bedeutungsvolles und weben es hinein in die neue Zeit.

Genieße deinen Klang.

Und hier fängst du an